Amelie Fried · Jacky Gleich

Der unsichtbare Vater

Amelie Fried

Der unsichtbare Vater

Mit Bildern von
Jacky Gleich

Carl Hanser Verlag

Eines Sonntags saß ein fremder Mann am Frühstückstisch.

Paul setzte sich zögernd auf seinen Platz und sah den Mann an.
»Wer ist das?«, fragte Paul seine Mama.
Mama klapperte mit ihrem Frühstücksgeschirr.
»Erinnerst du dich nicht an Ludwig?«
Paul schüttelte den Kopf.
»Vielleicht willst du dich ja nicht erinnern«, sagte Mama.

»Er sitzt auf Papas Stuhl«, stellte Paul fest.

»Hör auf!« Mamas Stimme bekam einen warnenden Unterton.
Der Mann streckte Paul die Hand entgegen.
»Hallo, Paul!«
Paul tat so, als ob er die Hand nicht bemerkte und griff nach der Cornflakes-Schachtel.
»Ludwig wird jetzt hier wohnen«, sagte Mama.
Überrascht sah Paul auf. »Das wird Papa aber nicht gefallen«, sagte er und goss Milch in seine Cornflakes-Schüssel.
»Hör endlich auf damit, Paul. Du weißt genau, dass Papa nicht hier ist«, gab Mama ärgerlich zurück.
Paul antwortete nicht. Er wusste genau, *dass* Papa hier war, aber es hatte keinen Sinn, mit Mama zu streiten.
Die Sache mit Papa war kompliziert. Vor drei Jahren war er verschwunden, aber Paul erinnerte sich genau an ihn. Und er hatte sein Foto. Auf dem spielte Papa Saxofon, und die Haare flogen durch die Luft. Paul wusste also, wie Papa aussah. Und er konnte sich auch mit ihm unterhalten. Nicht so wie mit anderen Leuten, sondern in seinem Kopf, ganz ohne Worte.
Mama wollte nicht, dass er von Papa sprach.

»Was vorbei ist, ist vorbei«, sagte sie. »Er hatte doch nie Zeit für uns; immer war er unterwegs mit seiner Band. Es ist besser für dich, dass wir uns getrennt haben.«
Was daran besser sein sollte, keinen Papa zu haben, verstand Paul nicht. Aber so richtig war Papa ja auch gar nicht weg. Er war verzaubert worden, zur Strafe, weil er Paul früher so viel allein gelassen hatte. Seither musste Papa immer zu Hause bleiben, bei ihm und Mama. Leider war er unsichtbar.
Paul stand auf. »Komm, wir gehen.« Er hielt Papa die Tür auf.
»Aber in deinem Bett darf er nicht schlafen!«, sagte er noch zu Mama. Sie und der Mann wechselten einen Blick.
»Ludwig kriegt sein eigenes Zimmer und sein eigenes Bett«, versprach Mama.
Paul beschloss, heute Nacht zu kontrollieren, ob das stimmte. Und morgen Nacht auch.

Nachdem Mama ihm eine gute Nacht gewünscht hatte, setzte er sich kerzengerade im Bett auf, damit er ja wach bliebe, bis Mama schlafen ging.

Im Schein des Lichtstrahls, der durch die angelehnte Tür fiel, las er in einem Buch über Ritterburgen. Aus dem Wohnzimmer drangen gedämpfte Stimmen zu ihm, zwischendurch perlte Mamas Lachen auf. Je fröhlicher Mama lachte, desto trauriger wurde Paul. Die Ritterburgen verschwammen vor seinen Augen.

Mama brauchte keinen Mann. Sie hatte doch ihn.

Er beschützte sie und brachte sie zum Lachen. *Er* tröstete sie, wenn sie traurig war, und kochte ihr Kamillentee, wenn sie Halsschmerzen hatte. Paul konnte bügeln und Betten beziehen, er konnte den Videorecorder programmieren und, wenn er auf einen Stuhl stieg, die Dichtung am Wasserhahn auswechseln. Er konnte einen Kasten mit zwölf Limo-Flaschen schleppen. Er konnte Auto fahren. Und bald würde er auch Geld verdienen. Dann musste Mama nicht mehr arbeiten gehen, wenn sie nicht wollte.

»Mein kleiner, großer Mann«, nannte Mama ihn und manchmal klatschten sie ihre Handflächen gegeneinander wie die amerikanischen Baseballspieler im Fernsehen und riefen: »Hey, Partner!«

Mama brauchte keinen Mann.

»Du musst ihn verjagen!«, befahl Papas Stimme in seinem Kopf und Paul nickte. Genau das wollte er tun. Er würde diesen Kerl mit allen Mitteln bekämpfen, bis er abhaute und ihn und Mama in Ruhe ließ.

Plötzlich war es im Zimmer ganz dunkel. Der Lichtstreifen war weg. Paul wollte das Buch zur Seite legen und aus dem Bett huschen, aber es war, als würde er von einem schweren Gewicht auf die Matratze gedrückt. Erschrocken sah er an sich herab. Sein Pyjama war verschwunden, sein Körper steckte in einer Ritterrüstung, und als er den Kopf bewegte, klappte vor seinen Augen ein Visier herunter. In seiner rechten Hand hielt er eine Lanze, die linke steckte in der Lederschlaufe eines Schilds.
»Also los!«, rief Paul und richtete sich auf. Er rutschte vom Bett runter und schwankte rasselnd und scheppernd zur Tür. Jetzt wollte er es Ludwig zeigen!
Er riss die Tür auf und wollte über den Flur in Ludwigs Zimmer. Aber da war kein Flur. Auch Ludwigs Zimmer war nicht mehr da. Die ganze Wohnung war nicht mehr da.

Paul stand in einer riesigen, gelben Sandwüste, wo nur ein paar trockene Büsche wuchsen. Ein starker Wind trieb kleine Sandwirbel vor sich her und Paul war froh über seine schützende Rüstung. Er fühlte sich verloren in dieser unendlichen Weite. Wie war er nur hierher gekommen?
Am Horizont erschien ein dunkler Punkt, der größer und größer wurde. Ängstlich beobachtete Paul, wie der Punkt genau auf ihn zukam. Bald erkannte er, dass es ein Reiter war. Der trug ebenfalls eine Rüstung und war mit einem Speer bewaffnet. Schnaubend kam das Pferd vor Paul zum Stehen. Der Reiter sprang ab und klappte sein Visier hoch. Es war Ludwig.
»Jetzt kämpfen wir um deine Mutter!«, rief er Paul zu.
Paul wich erschrocken zurück. Ludwig war doch viel größer als er! Aber wenn Paul Mama behalten wollte, blieb ihm keine andere Wahl. Er erhob seine Lanze und in Sekundenschnelle tobte ein fürchterlicher Kampf.
Paul spürte, wie ihm unter der Rüstung der Schweiß herabrann, seine Augen brannten, seine Muskeln schmerzten. Aber er bewegte sich keinen Millimeter von der Stelle.

Er wusste nicht, wie lange er so gekämpft hatte, als mit einem Mal ein dünnes Pfeifen ertönte, das immer lauter wurde und schließlich zu einem ohrenbetäubenden Dröhnen anschwoll. Ein Wirbelsturm riss alles mit sich. Ludwig, das Pferd, die Büsche, den Sand – schließlich auch Paul. Alles drehte sich, schneller und schneller, und plötzlich wurde es dunkel.

Am nächsten Tag war Ludwig immer noch da. Freundlich wünschte er Paul einen guten Morgen. Paul antwortete nicht.
Er antwortete auch nicht, als Mama ihn fragte, ob er Leberwurst oder Käse auf sein Schulbrot wolle. Und auch nicht, als sie vorschlug, ob sie am Nachmittag alle zusammen zur Rollerskate-Bahn gehen könnten.
Schweigend aß Paul sein Frühstück, schweigend packte er seine Schultasche, schweigend verließ er das Haus.
»Gut gemacht!«, lobte ihn Papas Stimme. »Das hält Mama nicht aus, wenn du nicht mehr mit ihr redest. Bestimmt schickt sie Ludwig bald wieder weg!«

Drei volle Tage hielt Paul durch. Irgendwann merkte er, dass es eine Menge Nachteile hat, wenn man nicht spricht.
Wenn Mama zum Beispiel fragte: »Willst du Erbsen oder Kartoffelbrei?«, und Paul nicht antwortete, bekam er Erbsen und ärgerte sich, weil er viel lieber Kartoffelbrei gehabt hätte.
Einmal räumte Ludwig Sachen aus einem Karton in den Schrank.

Plötzlich hielt er einen Lederfußball in der Hand, genau so einen, wie Paul ihn sich wünschte. »Schau mal, kannst du damit was anfangen?«, fragte Ludwig.
Als Paul keine Antwort gab, packte Ludwig den Ball zurück in den Karton. »Dann eben nicht«, sagte er und zuckte die Schultern.
Irgendwann hatte Paul genug. Wenn er nicht sprach, passierten nur noch Sachen, die er nicht wollte. Also sprach er wieder.

Wenn Mama jetzt fragte: »Hast du dein Zimmer aufgeräumt?«, antwortete Paul: »Das geht dich gar nichts an!«
Wenn Ludwig wissen wollte: »Spielst du mit mir Karten?«, sagte er: »Spiel doch alleine, Blödmann!«
Wenn Mama und Ludwig sich unterhielten, rief er: »Seid endlich ruhig, ihr stört Papa beim Üben!«
Und einmal brüllte er: »Ihr seid die zwei allerblödesten Erwachsenen auf der ganzen Welt!«

Er stampfte aus der Küche, knallte die Tür hinter sich zu und schloss sich den Rest des Tages in seinem Zimmer ein.

Er warf sich auf sein Bett, nahm Papas Foto in die Hand und lauschte dem Klang des Saxofons. Es war immer das gleiche Musikstück, das Papa spielte. Paul hatte früher oft zugehört, wenn Papa übte.
Er mochte es, wie die Töne sich scheinbar mühelos von ganz unten nach ganz oben aufschwangen, dort in einem kleinen Triller verharrten und dann holterdiepolter zurückkehrten, als würden sie eine Treppe hinunterpurzeln.
»Ich möchte dich wieder spielen sehen«, flüsterte Paul und starrte auf das Foto. Papa gab keine Antwort.

Mama hatte ihr Versprechen gebrochen.
Als Paul eines Nachts zu ihr ins Bett kriechen wollte, lag Ludwig neben ihr. Auf der Seite des Betts, die eigentlich Papa gehörte, wo Paul aber liegen durfte, weil ein unsichtbarer Papa nicht viel Platz wegnimmt.
»Aaaaahhhhh!«, schrie Paul so laut er konnte.
Mama und Ludwig fuhren gleichzeitig hoch. Anklagend zeigte Paul mit dem Finger auf Ludwig.
»Du hast versprochen, dass er in seinem eigenen Zimmer schläft!«

»Das war vor vier Wochen«, sagte Mama. »Langsam solltest du dich an Ludwig gewöhnt haben!«
Paul sah Ludwig wütend an. »Hier schläft Papa, hier hast du nichts zu suchen!«
»Komm schon, Paul, das ist doch ...«, begann Ludwig, aber Paul unterbrach ihn. »Papa hat gesagt, du sollst verschwinden«, sagte er mit fester Stimme.
»Jetzt reicht's!«, rief Mama und schoss aus dem Bett wie eine Rakete. Sie packte Paul und schob ihn zur Tür.
»Du gehst jetzt sofort zurück ins Bett. Und mit diesem Papa-Blödsinn hörst du auch auf, sonst kannst du was erleben!«
Paul begann zu weinen. »Ich hab solche Bauchschmerzen!«, jammerte er und krümmte sich.
»Ich mach dir eine Wärmflasche«, bot Mama an.
»Das hilft nicht.«
»Dann geb ich dir Medizin.«
»Das hilft auch nicht.«
»Dann fahre ich dich ins Krankenhaus.«
»Ich will nicht ins Krankenhaus!«, schrie Paul.
»Was willst du dann?«, schrie Mama zurück.

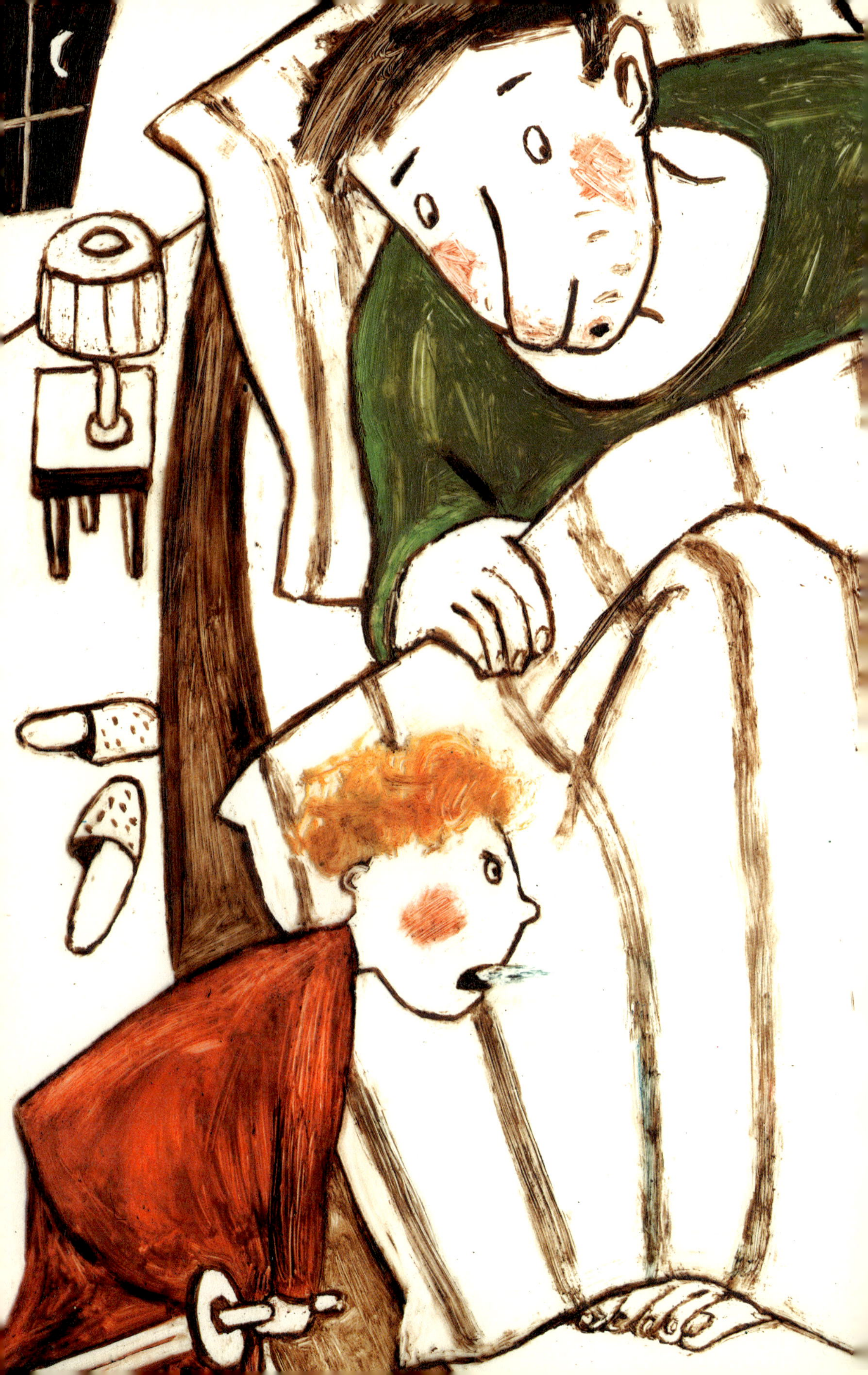

»ICH WILL ZU DIR INS BETT!«
»Kommt nicht in die Tüte!«, entschied Mama.
»Dann schrei ich so lange, bis alle Leute im Haus wach sind und jemand die Polizei holt.«

Paul wusste, dass die Polizei kam, wenn man zu laut war. Einmal hatten sie eine Party gefeiert und der blöde Nachbar von oben hatte sich erst beschwert und dann die Polizei angerufen.
Mama lief rot an vor Wut. »Verdammt noch mal . . .!«, fauchte sie.
Ludwig drückte ihr beruhigend die Hand.
»Dann leg dich eben zwischen uns«, forderte er Paul auf.
Mit einem Satz war Paul im Bett. Er kuschelte sich an Mama und drehte Ludwig den Hintern zu.
Genauso machte er es in der nächsten Nacht, in der übernächsten und in der überübernächsten . . .
Mama würde irgendwann einsehen, dass es früher viel schöner war, ohne Ludwig. Und genau so sollte es wieder sein.
Aber nichts passierte. Ludwig blieb.

»Du musst dir was anderes einfallen lassen!«, forderte ihn Papas Stimme auf. »Du könntest lauter gefährliche Dinge tun. Dann kriegt Mama Angst um dich. Und weil sie dich viel lieber hat als Ludwig, schickt sie ihn weg.«
Das schien Paul eine gute Idee zu sein.

Er stellte sich vor, wie er mit dem riesigen, scharfen Küchenmesser einen Apfel zerteilte ...
... wie er mit einer Stricknadel in der Steckdose bohrte ...
... wie er an einem Seil aus dem Fenster kletterte ...
... wie er einen Handstand auf dem Dach machte ...
... und wie Mama ganz laut schrie, aus Angst um ihn.
Danach ging es ihm schon viel besser.
Vorläufig, dachte er, würde es aber genügen, wenn er auf dem Treppengeländer vom dritten Stock ins Erdgeschoss rutschte. Das hatte Mama ihm streng verboten.
Als sie das nächste Mal alle zusammen die Wohnung verließen, schwang Paul das Bein über das Geländer und sauste los. Als er unten angekommen war, wartete er auf Mama und sah sie an.
Sie sagte nichts.
Ludwig lachte. »Das habe ich auch immer gemacht, als ich so alt war wie du. Wofür sind Treppengeländer sonst da?«

Paul war verwirrt. Warum schimpfte Mama nicht mit ihm? Und warum war Ludwig so nett? Paul wünschte sich, Ludwig wäre nicht so nett. Dann wäre es leichter, ihn weiter blöd zu finden.

Dann war plötzlich Papa weg. Paul konnte seine Stimme nicht mehr hören. Verzweifelt versuchte er, mit ihm zu sprechen, aber er antwortete nicht. Bestimmt war Papa sauer, weil Paul angefangen hatte, Ludwig nett zu finden. Er musste Papa unbedingt finden.

»Mama, warum ist Papa unsichtbar?«, fragte Paul beim Ins-Bett-Gehen.

»Er ist nicht unsichtbar, das weißt du genau«, sagte Mama.

»Warum kann ich ihn dann nicht sehen?«

»Weil er woanders wohnt.«

»Wo denn?«

»Weiß ich nicht«, sagte Mama, und Paul wusste, dass sie log.

Mama kriegte jeden Monat Geld von Papa, also musste sie auch wissen, wo er wohnte.

»Ist er weit weg von hier?«, bohrte Paul weiter.

Zuerst sah Mama aus, als wolle sie nicht antworten. Dann gab sie sich einen Ruck, sah Paul in die Augen und sagte: »Nein, Paul, er lebt sogar ganz in der Nähe.«

»Echt? Warum hab ich ihn dann so lange nicht gesehen?«, fragte Paul aufgeregt.

»Weil ich es nicht will.«

»Und warum nicht?«
»Weil ich nicht möchte, dass du enttäuscht bist.«
Paul musste einen Moment nachdenken. Warum sollte er enttäuscht sein? Sah Papa vielleicht nicht mehr so aus wie auf dem Foto? Oder konnte er vielleicht doch nicht so gut Saxofon spielen?
Dann fragte er: »Wohnt Papa in der gleichen Straße wie wir?«
»Nein, das nicht«, antwortete Mama. »Aber in der gleichen Stadt. Aber er könnte genauso gut in Amerika wohnen, das würde keinen Unterschied machen. Er ist sowieso nie da.«
Paul runzelte die Stirn. Er mochte es nicht, wenn Mama so von Papa sprach. »Ich will ihn trotzdem sehen«, verlangte er.
»Nein«, sagte Mama. »Was vorbei ist, ist vorbei.«

Auf dem Rückweg von der Schule entdeckte Paul ein Plakat.
»Großes Stadtfest« stand darauf, und es war ein Saxofonspieler abgebildet. Darunter stand: »12 verschiedene Bands bringen Stimmung in die Stadt – Machen Sie eine Reise durch die Welt der Musik!«

»Morgen Abend könnten wir zum Stadtfest gehen«, schlug Mama vor, als er nach Hause kam. Und zum ersten Mal sagte Paul nicht: Nein, ich hab keine Lust.
Am nächsten Abend zogen sie los. Ludwig hielt Mama an der Hand und Mama hielt Paul an der Hand.

Es war ein warmer Sommerabend und die Straßen waren voller Menschen. Es duftete nach gegrilltem Fleisch, nach gebrannten Mandeln und nach vielen anderen Leckereien. Immer wieder machten sie Halt bei einem der Stände und kauften einen gefüllten Pfannkuchen, ein Stück Schmalzgebäck oder eine mit Schokolade überzogene Banane.

Aus allen Richtungen erklang Musik. Je nachdem, wo man stand, hörte man eine oder mehrere Gruppen gleichzeitig. Es gab klassische Streichermusik, eine Blaskapelle, eine Rocksängerin mit Begleitung, Liedermacher mit Gitarre, afrikanische Trommelmusik und vieles mehr. Paul hielt Ausschau nach dem Saxofonspieler.

Sie wurden vom Strom der Menschen mitgezogen, durch ein Meer von Düften und Klängen, und Paul fühlte sich ganz berauscht. Plötzlich waren Mama und Ludwig verschwunden. Paul hatte Mamas Hand losgelassen, und sie war fortgetragen worden von der Menschenmenge. Paul sah sich suchend um, aber er konnte sie nirgendwo entdecken.

Er wurde weitergedrängt und -geschoben, und auf einmal hörte er es: Papas Musikstück!

Es klang von weit her zu ihm, aber ganz deutlich hörte er, wie sich die Töne des Saxofons scheinbar mühelos von ganz unten nach ganz oben aufschwangen, dort in einem kleinen Triller verharrten und dann holterdiepolter zurückkehrten, als würden sie eine Treppe hinunterpurzeln.
Paul lief in die Richtung, aus der die Musik kam, aber je weiter er lief, desto leiser wurde sie. Er kehrte um und ging in die andere Richtung. Endlich hörte er die Töne wieder, mal lauter, mal leiser.
Er rannte hierhin und dorthin, aber nirgendwo war die Band zu sehen. Dann war das Musikstück zu Ende, die vertrauten Töne verklungen.
Paul war so enttäuscht, dass er fast geheult hätte. So nah war sein Vater gewesen und er hatte ihn nicht gefunden! Er setzte sich auf die Stufen eines Hauseingangs und starrte mutlos und traurig vor sich hin.

Ein alter Mann schlurfte auf Paul zu.

Er trug einen langen Mantel und hielt eine geöffnete Weinflasche in der Hand, aus der er ab und zu einen Schluck nahm. Er summte vor sich hin und bemerkte Paul erst, als er beinahe über ihn gestolpert wäre.
»Was machst du denn hier, Kleiner?«, fragte er und sah Paul aus geröteten Augen an.
»Nichts, ich ... ich suche meinen Papa«, stammelte Paul.
Der Alte sah unheimlich aus. Paul stand auf, drückte sich ängstlich an ihm vorbei und lief weg. Immer noch waren die Straßen voller Leute. Er sah sich noch mal nach dem Alten um. Rumms! prallte er gegen einen Mann.
»Hey, du, kannst du nicht aufpassen?«
Der Mann hielt ihn am Arm fest und sah ihn ärgerlich an.
»'tschuldigung«, murmelte Paul und wollte sich aus seinem Griff befreien.
»Ist irgendwas?«, ertönte eine Stimme. Plötzlich stand ein Polizist neben ihnen.

»Ich hab nichts gemacht!«, sagte Paul erschrocken.

»Und warum läufst du dann weg?«, fragte der Polizist. »Leer mal deine Taschen aus!«

Paul drehte die Taschen seiner Jeans nach außen. Ein benutztes Taschentuch, ein paar Münzen und ein verklebtes Bonbon fielen heraus.
»Sie vermissen nichts?«, fragte der Polizist den Mann und der griff nach seiner Brieftasche.
»Nein, alles da.«
»Bist du allein unterwegs?«, wollte der Polizist jetzt wissen.
»Nein, mit meiner Mama«, sagte Paul.
»Und wo ist die?«
Paul entdeckte eine Frau, die in seine Richtung winkte.
»Da vorne!«, rief er und zeigte auf die Frau.
Der Polizist gab ihm einen Klaps. »Na, dann los.«
Paul lief ein Stück auf die Frau zu, dann schlug er einen Haken und verschwand in einer Nebenstraße. Er lief, bis er Seitenstechen bekam und stehen bleiben musste. Er lehnte sich an eine Hauswand und rang nach Luft. In diesem Moment erklang wieder das Saxofon. Paul sah auf – und da war er. Sein Vater.
Er stand auf einer Bühne, genauso schön wie auf dem Foto. Seine Haare flogen durch die Luft. Er spielte eine Melodie, die Paul nicht kannte, und es klang so schön, dass Paul die Tränen kamen.

So lange hatte er sich gewünscht, Papa wieder spielen zu sehen. Und jetzt, in diesem Moment, war sein Wunsch in Erfüllung gegangen. Die Welt um Paul versank, es gab nur noch ihn und Papa und die Musik.

Als Papa aufgehört hatte, klatschten die Leute. Stolz sah Paul sich um. »Er ist mein Vater!«, wollte er ihnen am liebsten zurufen.

Plötzlich hörte er hinter sich Mama: »Paul! Da bist du ja!«

Er drehte sich um, Mama lief auf ihn zu.

»Hey, Partner, wo hast du gesteckt?«

Sie klatschten ihre Handflächen gegeneinander. Dann riss Mama ihn in ihre Arme. »Mensch, bin ich froh!«

Hinter ihr tauchte Ludwig auf. Auch er drückte Paul an sich. Paul war überrascht. Hatte der sich etwa auch Sorgen gemacht?

Das nächste Musikstück erklang. Zu dritt standen sie da und hörten zu. Mama hielt Paul an der Hand und Paul hielt Ludwig an der Hand.

»Ist er nicht toll?«, fragte Paul mit leuchtenden Augen.
»Ja, ziemlich toll«, gab Mama zu.
In diesem Moment hatte Papa sie entdeckt.

Nachdem die letzten Töne des Stücks verklungen waren, legte er das Saxofon ab und stieg von der Bühne. Er kam direkt auf Paul zu, und plötzlich bekam Paul Angst. Am liebsten hätte er sich hinter Mama versteckt. Es war einfach zu merkwürdig, dass sein unsichtbarer Vater wieder sichtbar geworden war.
»Hallo, Paul!«, sagte der Mann, der sein Papa war.
»Hallo«, sagte Paul.
Papa begrüßte Mama und Ludwig. Dann sagte er zu Ludwig:
»Hast du nicht mal Schlagzeug gespielt?«
Ludwig lächelte. »Dass du das noch weißt! Ist doch Jahre her.«
»Ja, aber du warst gut!«, sagte Papa und schon waren sie mitten in einem Gespräch.
Paul sah verblüfft von einem zum andern. Ludwig und Papa kannten sich! Und nicht nur das, sie waren ganz freundlich zueinander. Paul hatte gedacht, dass Papa Ludwig niederschlagen oder wenigstens was Gemeines zu ihm sagen würde. Aber nichts dergleichen geschah.
»Stimmt es, dass Ludwig Schlagzeug spielen kann?«, flüsterte Paul Mama ins Ohr.

»Oh ja, sehr gut sogar.«
Als Papa und Ludwig ausgeredet hatten, unterhielt sich Papa noch ein bisschen mit Mama. Mama war verlegen. Immer wieder fuhr sie Paul mit der Hand durch die Haare, bis Paul ungeduldig einen Schritt zur Seite ging.
Dann entstand eine Pause. Niemand sagte mehr was.
In die Stille hinein fragte Paul: »Du warst verzaubert, hab ich Recht? Deshalb warst du die ganze Zeit unsichtbar.«
Papa blickte kurz zu Mama, dann sagte er: »Stimmt.«
»Siehst du, Mama, ich hab's dir gesagt!«, rief Paul.
Und dann fragte er: »Kommst du uns mal besuchen?«
»Wenn ich darf?« Papa sah fragend zu Mama rüber.
Mama sagte nicht Ja. Sie sagte aber auch nicht Nein.

Bald darauf hatte Paul Geburtstag. Er durfte acht Freunde einladen, weil es sein achter Geburtstag war. Sie machten zusammen eine Radtour und

ein Picknick und Paul fand, dass es der schönste Geburtstag war, den er je gefeiert hatte.
Abends sagte Mama: »So, und jetzt gibt's noch eine Überraschung!«
»Was denn?«, fragte Paul.
»Na, wenn ich dir's verrate, ist es ja keine Überraschung mehr«, lachte Mama.
Als sie ins Auto stiegen, zog Mama ein Tuch heraus und verband Paul die Augen. Dann fuhr sie los.
Irgendwann bremste Mama, half ihm beim Aussteigen und führte ihn in ein Haus. Es ging ein paar Stufen hinunter, dann spürte Paul, wie Mama ihm einen Stuhl unterschob. Er setzte sich. Auf einmal erklang Musik. Es war die Melodie von »Zum Geburtstag viel Glück«. Mama löste das Tuch von seinen Augen. Paul blinzelte.
Das gab's doch gar nicht. Da vorn spielte Papa mit seiner Band; und am Schlagzeug saß – Ludwig. Papa und Ludwig spielten zusammen. Für ihn. Zum Geburtstag.
Paul wurde es ganz warm vor Glück. Er schob seine Hand in Mamas Hand, saß ganz still da und lauschte.

Und dann dachte er, wie gut es gewesen war, dass er Papa gefunden hatte. Denn jetzt hatte er zwei Väter; und zwei Väter waren schließlich besser als einer. Und viel besser als keiner.

Amelie Fried, 1958 in Ulm geboren, studierte in München Theaterwissenschaften, Publizistik, Kunstgeschichte und Italienisch. Anschließend absolvierte sie noch ein Studium an der Münchner Hochschule für Fernsehen und Film. Bekannt wurde sie besonders als Fernsehmoderatorin in der ZDF-Talkshow »Live aus der Alten Oper«. Heute lebt sie als freie Autorin mit ihrem Mann und zwei Kindern in der Nähe von München. Für ihr erstes Kinderbuch »Hat Opa einen Anzug an?«, das auch bei Hanser erschienen ist, erhielt sie 1998 den Deutschen Jugendliteraturpreis.

Jacky Gleich, geboren 1964, studierte an der Filmhochschule Babelsberg und wurde von Amelie Fried als Buchillustratorin entdeckt. Inzwischen sind bei Hanser mehrere Kinderbücher erschienen, für die sie die Bilder geschaffen hat, zuletzt u. a. das Märchenbuch »Das Haus auf dem Hügel« von Brigitte Schär und das Bilderbuch »Hat Opa einen Anzug an?« von Amelie Fried, für das sie mit dem Deutschen Jugendliteraturpreis 1998 ausgezeichnet wurde.

Die Schreibweise in diesem Buch entspricht
den Regeln der neuen Rechtschreibung.

1 2 3 4 5 03 02 01 00 99

ISBN 3-446-19737-0

Satz: Satz für Satz. Barbara Reischmann, Leutkirch
Lithos: KAOS Publishing-Service, Leutkirch
Druck und Bindung: Franz Spiegel Buch GmbH, Ulm
Printed in Germany

Ebenfalls in diesem Verlag erschienen:

Amelie Fried / Jacky Gleich
Hat Opa einen Anzug an?
32 Seiten
ISBN 3-446-19076-7

Wie kann Opa gleichzeitig im Himmel und auf dem Friedhof sein? Bruno versteht nicht, was die Erwachsenen über den toten Opa sagen. Nach und nach findet er jedoch selbst Antworten auf seine Fragen. Opas Seele ist das, was Bruno an Opa so lieb hatte, und das ist jetzt nicht mehr hier, dafür aber im Himmel. Jeden Abend betrachtet er vor dem Schlafengehen das Bild von Opa und spricht mit ihm. Da fühlt Bruno sich langsam besser, Wut und Trauer lassen nach und er kann sich an den schönen Erinnerungen freuen.

Deutscher Jugendliteraturpreis 1998 (Sparte Bilderbuch)

In einer Szenerie von ländlicher Überschaubarkeit wird mit drastischer Vehemenz, textlich zugleich von heiterer Gelöstheit an die letzten Fragen gerührt, die ja auch viele Kinder stellen: Was bedeuten Glück und Unglück? Werden und Vergehen? Wie ist die Endlichkeit unseres Seins beschaffen? Ein durchweg lustiges Buch vom Tode? Das will vielen von uns unangemessen, ja unschicklich erscheinen. Der Einwand wird aber angesichts der überzeugenden künstlerischen Umsetzung sowie der Wirkung, die Text und Bilder auf Kinder haben, hinfällig. Frankfurter Rundschau

... diese Unbefangenheit, diese Offenheit mit dem Thema, das Erwachsene gerne umgehen, gibt die Autorin ohne sozialpädagogisch erhobenen Zeigefinger an die Zuhörer weiter. Für Amelie Fried ist es das erste Kinderbuch, man darf auf weitere gespannt sein. Tagesspiegel

Ebenfalls in diesem Verlag erschienen:

Brigitte Schär / Jacky Gleich
Monsterbesuch
32 Seiten
ISBN 3-446-118716-8

Was macht man, wenn plötzlich 20 grüne Monster auf Besuch vorbei schauen. Am besten man bietet Limonade und Erdnüsse an, denkt sich die junge Erzählerin. Doch die Monster erweisen sich als ungewöhnliche Besucher, denn statt ordentlich im Wohnzimmer zu sitzen und sich zu unterhalten, beginnen sie die Einrichtung aufzufressen. Aber keine Angst, alles ganz harmlos, denkt sich die Gastgeberin, auch wenn ihre Eltern bereits mit Feuerwehr und Polizei vor dem Haus stehen.

Kinderbuchpreis Nordrheinwestfalen 1997
Schnabelsteher-Preis 1997

... So, wie sich Text und Bild ineinander verweben, wird das Durchblättern des Bandes zu einem Abenteuer an sich, spielerisch und einladend auf eine ganz unverbrauchte Weise. Frankfurter Allgemeine Zeitung

Autorin und Illustratorin haben mit ihrem Buch eine humorvolle Geschichte erzählt und illustriert, die ebenso als Persiflage auf »gute Erziehung« wie als Parabel über den Umgang mit Fremden gelten kann ... Eine warmherzige, skurrile Geschichte zum Thema Toleranz – ein schön gestaltetes Kinderbuch dazu. Süddeutsche Zeitung

Brigitte Schärs Geschichte erzählt humorvoll und mit Sachkenntnis vom angemessenen Umgang mit »Monster-Besuch«, und Jacky Gleich illustriert das schön und so, dass die Nackenhaare sich zärtlich sträuben.

Tagesanzeiger